공지천에서

| 태진노래방 출시 기념 |

공지천에서

전산우 대중가요 제2작사집

내 이야기를 쓰다니, 산우여!
♥♥ 사랑을 하는 모든 연인들의 이야기

추천사

작가의 말

Part 1 공지천에서

*전곡 유튜브 업로드

Part 2 청춘 열차

*전곡 유튜브 업로드

Part 3 찻잔을 만지면서

Part 4 연애 시절

Part 5 추억을 버릴래요

Part 6 슬퍼요

■ 추천사

'노래가 되지 못하는 시는 시가 아니다'라는 말이 있지만, 2년이 넘게 하루아침도 빠짐없이 노래시를 쓴다는 일은 아무나 할 수 있는 일이 아니다. 이제 전산우 작사 노래가 노래방에서도 빛을 발하고 있으니 시인은 가히 독보적인 프로 작사가로서의 입지를 굳힌 셈이다.

—주영숙(문학박사 · 시인 · 소설가)

전산우 선생님, 또 일을 내셨네요. 시와 소설도 모자라 대중가요 작사를 하시더니 아예 노래방까지 진출하셨습니다. 얼마 되지 않은 것 같은데 어느새 사랑에 푹 빠져 다른 사람들까지 그 늪으로 이끕니다. 꺼지지 않는 열정을 못 참고 온갖 모습의 사랑을 노래하니 가는 세월 잊고 사시나 봅니다. 설레고 만나고 즐겁고 재미있고 지루하고 흥미롭고 행복하고 이별하고 슬프고 그립고 보고픈 연인의 마음이 카멜레온처럼 수시로 변하는 것을 흥미롭게 보고 듣습니다. 덕분에 사랑의 모양도 빛깔도 감정도 형태도 표현도 이렇게 좋고 싫고 다양한 것임을 새삼 압니다. 사랑을 통해 인생을 느낍니다.

—문용주(시인 · 시산문학 회장 · 참살림수행원 원장)

제2작사집의 가사 75편을 수록한 출판에 먼저 축하드린다. 삼라만
상이 다 가사요 노래였다. 성선의 마음을 유지하고 있는 그는 선후
배를 사랑함은 물론, 삼십 년 지기 시우(詩友)의 정을 나누고 있다.
특히 인정이 많은 분이다. 온고지신 사랑의 열매를 달고 있는 그는
몸소 베풂을 하며, 주위의 온정을 주의 깊게 바라본다.
더욱 깊어지는 연륜에 따스함은 물론, 사랑의 가요에 몰입하고 있으
니, 생의 전부를 음악에 심취하고 있지 않나 생각이 든다. 참으로
훌륭하다. 백절불굴의 사나이! 전산우 작가가 자랑스럽다. 드높게 나
는 새가 되어, 훨훨 좋은 가사를 지어 내어, 기쁜 나날이 계속되기
를 소망한다.

—고광자(시인 · 평론가 · 시조창 명인)

전산우라는 작사가님을 작년에 처음 만났다. 가사 쓰기에 대한 열정
이 남달랐다. 우리는 일 년 동안 20곡을 작업했다. 산악시인이기도 한
작사가님은 힘겨운 히말라야 트레킹 중에도 카톡으로 '만년설 사랑'
이라는 가사를 보내와, 노래를 만들어 보냈다. 함께 만들었던 노래
들 하나하나에 다 애정이 간다. 어느 날 작사가님의 질문을 받았다.
선생님, 어떻게 하루 만에 노래를 만드세요? 가사가 좋으면 곡이 빨
리 나옵니다, 라고 답했다. 내년 7월이 되면 작사가의 손끝에서
1,000편의 가사가 나온단다. 그 탱크 같은 열정이 어디서 나오는지
모르겠다. 기다리던 작사가님의 두 번째 작사집이 나온다. 반갑다.

—김성봉(작곡가 · 가수)

작곡가 김성봉님의 소개로 전산우 작사가님을 알게 되었다. 몇십 년 만의 더위도 아랑곳하지 않고, 인천에서 횡성까지 작곡가님을 만나러 발걸음을 하신 날이었다. 어떤 일이건 대충대충 해서는 안 되고 절치부심해야만 된다는 증명이 아닌가 싶다. 강원도가 고향인 작사가님이 지은 가사 <공지천에서>가 지난달 노래방에 출시되었다. 순풍을 만난 돛단배처럼 질주하는 모습을 보고 싶다.

—김광석(키타리스트)

전산우 작사가님은 시인이고 소설가인데 작사까지 하신다. 욕심이 많으신 분이다. 한 가지도 이루기 힘든 것이 예술인데. 작사가님은 새벽에 작업을 하신다. 아파도 쓰고 여행 중에도 쓰고 하루도 거르지 않고 쓴다고 하신다. 뿌린 대로 거둔다는 말은 선생님을 두고 나온 말 같다. 선생님의 가사는 하나같이 스토리가 분명하고 따뜻하다. 여느 작사가를 닮지 않은 선생님만의 멋과 맛이 있는 가사들이다. 귀에 쏙쏙 들어온다. 이번에 나오는 작사집, 기대가 크다.

—이태리(가수)

■ 작가의 말

신나는 노래를 부르면 가슴이 후련해진다
사랑의 노래를 부르면 모두가 행복해진다

대화할 때 딴생각을 하지 않고 귀를 기울이는 사람을 본다. 잘 듣
는다는 것은 말하는 사람의 말에 주의를 기울이는 것이다. 때에 따
라서 적절한 말로 호응하는 것이다.

노래도 마찬가지다. 노래를 부르는데 생각이 딴 곳을 헤매지 않고
노래에 심취해 귀를 기울이는 사람을 본다. 노래를 따라 부르거나
고개를 끄덕이거나 손바닥으로 무릎에 장단을 맞추기도 한다. 노래
속으로 들어가 진정으로 즐거워하고 흥겨워하는 것은 그 자체가 노
래에 대한 호응이고 행복이다.

노래는 그 노래의 감성적인 아름다움이 호소력을 지닌다. 밤하늘
별빛이나 한 줄기 별똥별, 또는 가을날 우수수 떨어지는 낙엽은 작
사가의 가슴으로 들어가 가사로 만들어지고 작곡가의 번쩍이는 영
감 속에서 노래로 완성된다.

가사를 처음 쓸 때 아무것도 모르고 쓴 적이 있다. 그것은 경기
규칙을 모르고 축구 경기를 관람하는 것에 다름 아니다. 한참 무인
지경을 헤매다가 비로소 가사 쓰는 공부를 시작했다.

"음악의 매력은 멜로디다. 그리고 그것이 가장 만들기 어려운 것
이다. 훌륭한 멜로디의 발명은 천재만이 할 수 있다." 요셉 하이든
의 말을 다음과 같이 고쳐 보았다.

"음악의 매력은 가사다. 그리고 그것이 가장 만들기 어려운 것이
다. 훌륭한 가사의 발명은 공부하고 자꾸 쓰는 것만이 할 수 있다."

역시 예술의 길은 해왕성이나 명황성 너머보다 멀다. 필자는 갈대
바람보다 진달래 바람을 좋아한다. 하지만 존경하옵는 뮤즈께서는

인심이 박하시다. 갈대 바람만 보내 주시기 일쑤다. 아직 공부가 부족하다고 하신다. 더 쓰라고 하신다. 아직 갈 길이 멀다고 하신다.

가사를 매일 쓰다 보면 소재를 찾는 것이 만만치 않다. 이야기 감을 찾아 여기저기 헤맨다. 사랑이란 장르만 고집하다 보니 더욱 그렇다. 그럴싸한 꼬리를 잡는다. 몇 년 만에 돌아온 애인 같다.

예술가는 세상에 존재하는 모든 것들을 가지고 놀 수 있어야 한다. 마치 일류 구기 선수가 자유자재로 공을 가지고 놀 듯이. 필자는 아직 그 경지에 도달하려면 멀었다. 하지만 열심히 가사라는 공을 가지고 놀 것이다. 그러다 보면 뮤즈께서 임하시리라 믿는다. 웃을 날이 오리라고 믿는다. 암흑 속에도 희망의 불빛은 살아 있다. 알렉상드르 뒤마의 몬테크리스토 백작이 그랬다. 쇼생크 탈출의 엔디가 그랬다.

밥상에 오르는 반찬은 다채로워야 한다. 짭짤한 것도 있고, 슴슴한 것도 있고, 달달한 것도 있고, 매운 것도 있어야 한다.
예술 세계도 우리네 밥상과 다르지 않다. 그림이, 소설이, 영화가 음악이 모두 그렇다. 모든 예술은 희비애락의 범주 안에 존재한다. 다만 똑같은 눈에서 웃음과 눈물이 나온다. 한 사람의 가슴속에 사랑과 미움이 공존한다. 작사가와 작곡가는 웃음의 꽃밭이나 눈물의 강을 노래로 만들어, 기쁨은 배가시키고 슬픔은 절감시킨다.

사람은 밥만 먹고 살 수 없다. 고기도 먹고 채소도 먹어야 한다. 이성도 만나고 사랑도 해야 한다. 육신을 위한 음식도 먹어야 하고 부족하면 육신이 부실해진다. 영혼을 위한 비타민도 먹어야 하고 부족하면 영혼이 부실해진다. 영혼을 위한 비타민이 예술이다. 청각으로 즐기는 예술이 음악이고 노래. 인생은 누구라도 슬퍼서는 안 된다. 인생은 마지막까지 행복해야 한다.

사랑은 본능이다. 사랑은 사업이다. 이룬 게 많아도 사랑이란 사업에 실패한 사람의 가슴에는 모래바람이 불 것이다. "우리가 뭐 빠진 게 있노? 집도 있고 차도 있고 인물도 훤한데" 올여름 나온 한국 영화 '핸섬 가이즈'의 대사다. 살아가는 데 뭐 없는 것 없이 넉넉하다고 치자. 하지만 그 가슴에 모래바람만 드나든다면 시쳇말로 앙꼬 없는 찐빵이나 다름없다.

노래가 답이 될 수 있다. 사랑의 노래를 부르면 오선지 속을 유영하는 한 마리 나비가 된다.

"사람들은 얼마나 많은 인생의 길을 걸어야만 사람다운 사람이 될까?"

블로인 인 더 윈드(Blowin' In The Wind) 가사의 일부다. 미국의 대중가요 작사·작곡자이고 가수며 시인으로 노벨 문학상을 받은 밥 딜런(Bob Dylan)이 불렀다.

'한 마리 나비가 된다'처럼, '사람다운 사람이 될까?'처럼 노래는 노래를 부르는 사람을 무엇이 되게 하거나 어떻게 되게 한다. 신나는 노래를 부르면 가슴이 후련해진다. 사랑의 노래를 부르면 모두가 행복해진다.
작사가는 사람들을 신나게 만드는 일을 한다. 작사가는 사람들을 행복하게 만드는 일을 한다. 그래서 필자는 신난다. 행복하다.

2024년 10월
세월천이 흐르는 산우재에서

전 산 우

Part 1
공지천에서

세상은 대체로
낙엽의 무리처럼
서걱거리고

삶은 대체로
모래밭처럼
메마르고

사랑은 대체로
남의 이야기여서
나는 외롭다

-작사가의 생각에서

공지천에서

그날 밤 그 약속은 어디로 간 거니
호수에 달 뜨는 밤 만나자고 해놓고

나타나지 않는 사람아
나타나지 않는 사람아

걸어오는 저 사람인가
지나가는 이 사람인가
이리저리 쳐다보지만 처음 보는 얼굴들

불어오는 강바람에 가슴이 시린데
강물에 저렇게 달빛이 가득한데

그날 밤 손가락은 뭐 하러 걸었니
호수에 달 뜨는 밤 만나자고 해놓고

나타나지 않는 사람아
나타나지 않는 사람아

걸어오는 저 사람인가
지나가는 이 사람인가
이리저리 쳐다보지만 처음 보는 얼굴들

불어오는 강바람에 온몸이 시린데

공지천이 저렇게 달빛에 젖었는데
공지천이 저렇게 달빛에 젖었는데
공지천이 저렇게 달빛에 젖었는데

다시 웃어 주겠니

그동안 소식을 몰라 보고 싶었는데
아무도 몰래 엎드려 울고 있었구나

그동안 간 곳을 몰라 찾아다녔었는데
아무도 몰래 혼자서 울고 있었구나

네 눈에 눈물이 그렁그렁 고여
두 볼에 흘러내리네

우리 만나며 꽃길을 걷던
추억이 흘러내리네

그동안 소식을 몰라 보고 싶었는데
엎드려 몰래 혼자서 울고 있었구나

내 눈에 눈물이 주룩주룩
흘러
한없이 흘러내리네

우리 다정히 빗길을 걷던
추억이 흘러내리네

그동안 소식을 몰라 보고 싶었는데
울지 말고 그때처럼 다시 웃어 주겠니
다시 웃어 주겠니

내가 잘못했어

네 마음을 풀어 줄게 너무 화내지 마
네 기분을 풀어 줄게 어서 기분 풀어
한여름에 서리를 내리면 슬퍼져
너무 화내지 마

이제는 가슴 활짝 열고
얼어붙은 가슴 얼른 녹여
하나부터 열까지 모두 내가 잘못했어

불어오는 저 바람에게
흘러가는 저 강물에게
안 좋은 마음 모두 풀어 버려

네 마음을 풀어 줄게 너무 화내지 마
네 기분을 녹여 줄게 어서 기분 풀어

한여름에 서리를 내리면 슬퍼져
너무 화내지 마
이제는 가슴 활짝 열고
얼어붙은 가슴 얼른 녹여
하나부터 열까지 모두 내가 잘못했어

불어오는 저 바람에게
흘러가는 저 강물에게

안 좋은 마음 모두 풀어버려

네 마음을 풀어 줄게 너무 화내지 마
네 기분을 녹여 줄게 어서 기분 풀어
네 마음을 풀어 줄게 너무 화내지 마
네 기분을 녹여 줄게 어서 기분 풀어

인생은 장기판

인생은 포가 날고 말이 뛰어가는 장기판
밀고 당기고 울고 웃는 사랑도 장기판
장군이야 멍군이야 요리조리 머리 쓰고
온갖 술수가 판을 치는 싸움판

마음만 급해 미련하게 밀어붙이다간
오도 가도 못하고 두 손 드는 싸움판
하늘 아래 사람으로 태어났으면
차처럼 신나게 달려도 봐야지

인생은 졸도 되고 상도 될 수 있는 장기판
밀고 당기고 울고 웃는 사랑도 장기판
장군이야 멍군이야 요리조리 머리 쓰고
온갖 술수가 판을 치는 싸움판

마음만 급해 미련하게 밀어붙이다간
오도 가도 못하고 두 손 드는 싸움판
하늘 아래 태어나서 살아간다면
차처럼 씽씽 달려도 봐야지
차처럼 씽씽 달려도 봐야지

날 잊어버렸나

우리가 만났던 게 언제였나요
우리가 안아본 게 언제였나요

저 해는 아침마다 날 보러 오는데
그대는 웬일인지 보이질 않네

저 해는 매일매일 날 보고 웃는데
저 새는 매일매일 날 깨워 주는데

날 잊어버렸나 날 보러 안 오네
나를 잊어버렸나

저 해는 아침마다 날 보러 오는데
그대는 웬일인지 보이질 않네

저 해는 매일매일 날 보고 웃는데
저 새는 매일매일 날 깨워 주는데

날 잊어버렸나 날 보러 안 오네
나를 잊어버렸나

날 잊어버렸나 날 보러 안 오네
나를 잊어버렸나

그대가 매어주던 스카프

찬 바람 불어오고 목이 시리면
그대가 매어주던 고운 스카프

오래전 일인데도 어제 같아요
오래전 일인데도 눈에 선해요

물만 마시고도 꽃대를 높이 세워
그댈 향해 미소 짓는 난꽃 같다고

만지면 떨어질까 아껴 만진다고
귀에 대고 속삭인 말 아직 들려요

찬 바람 불어오고 목이 시린데
이제는 그대 없어 누가 매주나

그대가 매어주던 고운 스카프
이제는 그대 없어 혼자 걸어요

물만 마시고도 꽃대를 높이 세워
그댈 향해 미소 짓는 난꽃 같다고

만지면 떨어질까 아껴 만진다고
귀에 대고 속삭인 말 아직 들려요

찬 바람 불어오고 목이 시린데
이제는 그대 없어 누가 매주나

그대가 매어주던 고운 스카프
이제는 그대 없어 혼자 걸어요

그대가 매어주던 고운 스카프
이제는 그대 없어 혼자 걸어요

당신이 아니었으면

당신이 아니었으면
나는 어떻게 살았을까

해가 뜬 날이나
별이 뜬 날에도
내 곁에 있어 준 당신

첫사랑처럼 두근두근
내 심장 속에 머무는 당신

내가 어떻게 사랑을 안 해요
공기 같은 당신인데

당신이 아니었으면
어떻게 살아갈까

비 내리는 날이나
눈 내리는 날에도
내 곁에 머무는 당신

첫사랑처럼 두근두근
내 심장 속에 머무는 당신

내가 어떻게 사랑을 안 해요

공기 같은 당신인데

당신이 아니었으면
나는 어떻게 살았을까

비 내리는 날이나
눈 내리는 날에도
내 곁에 머무는 당신
내 곁에 머무는 당신

그런 사랑이었나요

나만 두고 어딜 가요
나만 두고 어딜 가요
그럼 나는 어떡해요
그럼 나는 어떡해요

사랑은 이런 게 아닌데
비가 오나 눈이 오나
손을 잡고 가는 건데

정말 정말 나 혼자 되면
만 촉짜리 전등불도
켜나 마나 하다구요

그런 사랑이었나요
그런 사랑이었나요
그날 밤도 거짓이었나요
가던 발길 돌려 주세요

사랑은 이런 게 아닌데
꽃길이나 들길이나
손을 잡고 가는 건데

정말 정말 나 혼자 되면
만 촉짜리 전등불도

켜나 마나 하다구요

그런 사랑이었나요
그런 사랑이었나요
그날 밤도 거짓이었나요
가던 발길 돌려 주세요
가던 발길 돌려 주세요

그대가 떠나면

그대가 떠나면 너무 아파요
그대가 떠나면 너무 슬퍼요

그대를 생각하다가 잠이 들었어요
잠을 자면서 그대 꿈을 꾸었어요

나를 뿌리치고 떠나는 그대
너무 슬퍼서 울었어요

아픔도 때로는 선물이라 하지만
꿈속에서도 날 떠나면 싫어요

그대가 떠나면 난 너무 아파요
그대가 떠나면 난 너무 슬퍼요

나를 뿌리치고 떠나는 그대
너무 슬퍼서 울었어요

아픔도 때로는 선물이라 하지만
꿈속에서도 날 떠나면 싫어요

그대가 떠나면 난 너무 아파요
그대가 떠나면 난 너무 슬퍼요

그대가 떠나면 난 너무 아파요
그대가 떠나면 난 너무 슬퍼요
그대가 떠나면 난 너무 슬퍼요

하늘만큼 행복했어

가슴에 꽃씨를 뿌렸어 너를 심었어
무럭무럭 자라서 빨간 꽃이 피었어

가슴에 꽃씨를 뿌렸어 너를 심었어
빨간 꽃이 피어 나를 향해 웃었어

하늘만큼 행복했어
하늘만큼 행복했어
하늘만큼 사랑했어
하늘만큼 사랑했어

가슴에 사랑을 뿌렸어 행복을 심었어
너만 좋아할게 너만 사랑할게

하늘만큼 행복했어
하늘만큼 행복했어
하늘만큼 사랑했어
하늘만큼 사랑했어

가슴에 사랑을 뿌렸어 행복을 심었어
너만 좋아할게 너만 사랑할게
너만 좋아할게 너만 사랑할게

사랑은 너무 미끄러워서

사랑은 너무 미끄러워 미끄러워서
좀처럼 손에 잡히지 않아 미치겠어요

사랑은 마음이 잘 변하는 사람 같아요
커피처럼 뜨거울 때는 너무 좋은데

빙판처럼 미끄러질 때는 너무 미워요
다가가도 모른 척할 때는 너무 미워요

사랑은 너무 미끄러워 미끄러워서
모처럼 잡아도 빠져나가 미치겠어요

빙판처럼 미끄러질 때는 너무 미워요
다가가도 모른 척할 때는 너무 미워요

사랑은 너무 미끄러워 미끄러워서
모처럼 잡아도 빠져나가 미치겠어요
모처럼 잡아도 빠져나가 미치겠어요

보름달

하루가 지나가고 어두워지면
저 하늘에 대낮같이 뜨는 보름달
우리 님 오시는 길 밝기도 해라
우리 님 오시는 길 밝기도 해라

외롭던 하루 가고 날이 저물면
해 대신 저 하늘에 뜨는 보름달
오는 길 넘어질라 잠도 안 자고
우리 님 어서 오라 밤을 밝히나

귀뚜리 울어 울어 밤은 깊은데
나보다 더 안달하는 저 보름달
애타는 내 마음을 어찌 다 알고
따스한 그 손길로 어루만지나

귀뚜리 울어울어 밤은 깊은데
나보다 더 안달하는 저 보름달
애타는 내 마음을 어찌 다 알고
따스한 그 손길로 어루만지나
따스한 그 손길로 어루만지나

Part 2
청춘 열차

이번에 나온 아리까리한
노래
사연이 있어 보인다나
슬슬 털어봐 보라나

이러니저러니
설명하려면 길어진다
길어지다 보면
변명이 된다

정면 돌파가 답이다
어, 그거?
내 이야기라구

게임 끝이다

−작사가의 생각에서

만년설 사랑

안나푸르나에 눈이 내리네
한번 내리면 그대로 쌓이네

안나푸르나에 눈이 내리면
사라지지 않고 영원히 쌓이네

안나푸르나의 눈처럼
한번 사랑하면
그대로 쌓이는 사랑

안나푸르나의 눈처럼
한번 사랑하면
영원한 사랑

당신을 사랑해요
당신을 사랑해요

안나푸르나의 눈처럼
천년만년 쌓이는 사랑

안나푸르나의 눈처럼
한번 사랑하면
그대로 쌓이는 사랑

안나푸르나의 눈처럼
한번 사랑하면
영원한 사랑

당신을 사랑해요
당신을 사랑해요

안나푸르나의 눈처럼
천년만년 쌓이는 사랑
천년만년 쌓이는 사랑

사탕보다 더 달아서

사탕보다 더 달아서
살금살금 만났어요

난로보다 몸이 달아서
몰래몰래 만났어요

박수받으며 웨딩마치 울리고
큰절드리고 싶었는데

왜 그렇게 뜯어말렸어요
왜 그렇게 반대하셨어요

저질러 버렸어요
방법이 없었어요

어쩔 수 없었어요
속도 위반했어요

날만 새면 보고 싶어
살금살금 만났어요

누가 볼까 소문이 날까
몰래몰래 만났어요

박수받으며 웨딩마치 울리고
큰절드리고 싶었는데

왜 그렇게 뜯어말렸어요
왜 그렇게 반대하셨어요

저질러 버렸어요
방법이 없었어요

어쩔 수 없었어요
속도 위반했어요

어쩔 수 없었어요
속도 위반했어요
속도 위반했어요

오빠 오빠 오빠

오빠 오빠 오빠 보고 싶어요
오빠 오빠 오빠 언제 시간 나세요

맨날 맨날 보고 싶은데
맨날 맨날 보고 싶은데

사랑보다 모가 중요해
사랑보다 모가 그리 중요해

맨날 맨날 보고 싶은데
맨날 맨날 보고 싶은데

오빠 오빠는 정거장
잠시 부르는 이름

여보 당신 할 때까지만
오빠라고 부를게요

오빠 오빠 또 언제 만나요
오빠 오빠 언제 또 사랑할래요

맨날 맨날 보고 싶어요
보고 싶어 못 살겠어요

사랑보다 모가 중요해
사랑보다 모가 그리 중요해

맨날 맨날 보고 싶은데
맨날 맨날 보고 싶은데

오빠 오빠는 정거장
잠시 부르는 이름

여보 당신 할 때까지만
오빠라고 부를게요

오빠 오빠 또 언제 만나요
오빠 오빠 언제 또 사랑할래요

맨날 맨날 보고 싶어요
보고 싶어 못 살겠어요

맨날 맨날 보고 싶어요
보고 싶어 못 살겠어요

어서어서 이리 오세요

땅속에 숨어 사는 것 중에
가장 아름다운 건 보석이지요

하지만 어림도 없어요
보석 중의 보석은 반짝거리는
우리 님 눈빛인걸요

어서 어서 이리 오세요
이리 오세요

눈 한번 맞춰 보게요
맞춰 보게요

어서 어서 이리 오세요
이리 오세요

입 한번 맞춰 보게요
맞춰 보게요

땅 위에 살아가는 것 중에
가장 아름다운 건 꽃잎이지요

하지만 어림도 없어요
꽃잎 중의 꽃잎은 호호거리는

우리 님 입술인걸요

어서 어서 이리 오세요
이리 오세요

눈 한번 맞춰 보게요
맞춰 보게요

어서 어서 이리 오세요
이리 오세요

입 한번 맞춰 보게요
맞춰 보게요

입 한번 맞춰 보게요
맞춰 보게요

정이란

정이란 무서운 건데
이제 와서 말이 되나요
적을 베는 칼은 있지만
정을 베는 칼은 없어요

하룻밤 풋사랑이면
미련이야 없겠지만
우리가 그동안 별을 본 날이
셀 수도 없잖아요

하룻밤 풋사랑이면
눈물이 없겠지만
우리가 그동안 사랑한 밤
셀 수도 없잖아요

정이란 뜨거운 건데
이제 와서 이게 뭔가요
풀을 베는 낫은 있지만
정을 베는 낫은 없어요

하룻밤 풋사랑이면
눈물이야 없겠지만
우리가 그동안 사랑한 날이

셀 수도 없잖아요

하룻밤 풋사랑이면
떠나도 그만이지만
우리가 그동안 사랑한 날
셀 수도 없잖아요
셀 수도 없잖아요

청춘 열차

청춘 열차는 달려간다
날마다 바람을 가르며
쭉쭉 뻗은 철길을
신나게 달린다 달려간다
가는 길은 가슴이 설레고
오는 길은 만족해 웃어요

씽씽씽씽 달리는 열차
두근두근 뛰는 가슴
낭만이 가득한 춘천을 향해
청춘들이 달려간다
가는 내내 소곤소곤
오는 길은 다 같이 행복해

아하 청춘 열차는 빈자리가 없어
아하 청춘 열차는 사랑이 넘치네

매일매일 달려간다
청춘을 싣고서 달린다
오며 가며 열차는
사랑을 싣고서 달려간다
가는 내내 이야기 꽃피고
오는 내내 사랑이 꽃피네

씽씽씽씽 달리는 열차
두근두근 뛰는 가슴
낭만이 가득한 춘천을 향해
청춘들이 달려간다
가는 내내 소곤소곤
오는 길은 다 같이 행복해

아하 청춘 열차는 빈자리가 없어
아하 청춘 열차는 사랑이 넘치네
사랑이 넘치네

영심이

이제 너는 저 멀리 떠나갔는데
너는 떠나도 떠난 게 아닌데
여기저기 네 그림자가 어른거려
아무래도 오래오래 이럴 거 같아
이제 나는 누구랑 시간을 보내니

잊지 못해 우리의 만남을
잊지 못해 우리의 추억을
이제 너는 영원히 떠나갔는데

네가 없어도 없는 게 아닌데
자꾸자꾸 네 목소리가 귀에 들려
있을 때 잘해줄 걸 후회만 되고
이제 나는 누구랑 이야길 나누니

잊지 못해 우리의 만남을
잊지 못해 우리의 추억을
이제 너는 나를 두고 가버렸는데

정말 너는 영영 내 곁을 떠나갔는데
여기에도 저기에도 네 흔적이야
아무래도 오래오래 이럴 거 같아
이제 나는 외로워서 어떻게 산다니

여기에도 저기에도 네 흔적이야
아무래도 오래오래 이럴 거 같아
이제 나는 외로워서 어떻게 산다니
외로워서 어떻게 산다니
외로워서 어떻게 산다니

너 없으면

사랑하면 백팔십도 달라진다더니
사랑하면 딴사람이 된다더니

세상이 너무 힘들 때는
사람들 대하기도 싫었는데
널 만난 뒤부터 확 달라지더라
없던 용기도 생기더라
어두웠던 세상에 동이 트더라
못 살겠더라 너 없으면

사랑하면 백팔십도 달라진다더니
사랑하면 딴사람이 된다더니

네가 자꾸 보고 싶더라
널 너무 사랑해서 그랬는데
널 만난 뒤부터 확 달라지더라
없던 희망도 생기더라
메마르던 대지에 꽃이 피더라
못 살겠더라 너 없으면

없던 희망도 생기더라
메마르던 대지에 꽃이 피더라
못 살겠더라 너 없으면
못 살겠더라 너 없으면

너 없으면 너 없으면
너 없으면 너 없으면

첫술에 배가 부르나요

첫술에 배가 부르나요
첫눈에 눈이 돌아갔지만
고개도 넘고 강도 건너야지요
윙크 한 번에 넘어오는 여자
어디다 쓰게요
밀고 당기는 재미가 낚시만 있나요
인생도 사랑도 한 고개 두 고개 넘는 거지요
사람도 사랑도 그러면서 익어 가는 거지요

첫술에 배가 부르나요
첫 만남에 왕창 반했지만
고개도 넘고 강도 건너야지요
말 한마디에 넘어가는 여자
아무짝에 못 써요
오르고 내리는 재미가 등산만 있나요
인생도 사랑도 한 고개 두 고개 넘는 거지요
사람도 사랑도 그러면서 익어 가는 거지요

첫술에 배가 부르나요
첫 만남에 왕창 반했지만
고개도 넘고 강도 건너야지요
말 한마디에 넘어가는 여자
아무짝에 못 써요
오르고 내리는 재미가 등산만 있나요

인생도 사랑도 한 고개 두 고개 넘는 거지요
사람도 사랑도 그러면서 익어 가는 거지요

인생도 사랑도 한 고개 두 고개 넘는 거지요
사람도 사랑도 그러면서 익어 가는 거지요

동짓달 기나긴 밤을

바람이 물어 나르는 풍문에
자기가 외톨인 줄 알고
졸졸졸 따라다니는 여시들이
있다지만 그러라 그래요
몰라서 그래요 걱정 안 해요
끼어들다간 튕겨 나가요

우리는 벌써 동짓달 기나긴 밤을
서리서리 펴고 건넌 사이라구요

구름이 실어 나르는 소문에
자기가 외톨인 줄 알고
졸졸졸 따라다니는 여시들이
있다지만 그러라 그래요
몰라서 그래요 신경 안 써요
끼어들다간 튕겨 나가요

우리는 벌써 동짓달 기나긴 밤을
서리서리 펴고 건넌 사이라구요

우리는 벌써 동짓달 기나긴 밤을
서리서리 펴고 건넌 사이라구요
사이라구요 사이라구요
사이라구요

반쪽 사랑

속이 붉은 수박처럼
속으로만 하는 사랑이라면
그런 반쪽짜리 사랑이라면
나는 하고 싶지 않아요

겉이 붉은 사과처럼
겉으로만 하는 사랑이라면
그런 반쪽짜리 사랑이라면
나는 하고 싶지 않아요

속으로만 하는 사랑은 싫어요
겉으로만 하는 사랑은 싫어요

따로 노는 해와 달처럼
떨어져서 하는 사랑이라면
그런 반쪽짜리 사랑이라면
나는 하고 싶지 않아요

온몸으로 하는 뜨거운 사랑
나는 그런 사랑 하고 싶어요
나는 그런 사랑 하고 싶어요

넌 지금 어디 있니

날 두고 떠나간 그날 까마득한데
울면서 떠나가 그 어디 살고 있나

앞산에 단풍나무 잎이 다 떨어져
빈 가지만 남았는데

그 그늘 아래서 사랑한다던
너는 지금 어디 있니

날 두고 떠나간 너를 기다리는데
어느 별빛 아래 걷고 있을까

날 두고 떠나간 너를 기다리는데
어느 하늘 아래 어떻게 살고 있니

앞산에 보름달은 날 보고 있는데
나는 홀로 울고 있네

그 달빛 아래서 날 안아주던
너는 지금 어디 있니

날 두고 떠나간 너를 기다리는데
너는 언제 내게 돌아오겠니
너는 언제 내게 돌아오겠니

Part 3
찻잔을 만지면서

풀밭에 벌레만 날고
모래밭에 모래만 산다면
그런 세상은 재미가 없다

눈밭에서도
피 같은 동백이 피고
뻘밭에서도
주먹만한 조개가 나온다

그렇지 않아도 팍팍한 세상
반전과 역설이 없으면
살맛이 안 난다

저기 어딘가
오아시스가 있다는 희망이
낙타의 대열을 움직이게 한다

-작사가의 생각에서

시집을 갔다네

한여름날 길을 가던
목마른 나그네
샘물을 얻어 마시고
가던 길 서둘렀네

물맛이 시원해요
그대 눈빛 같아요
샘물 같은 여인이여
오는 길에 또 만나요

먼 훗날 그 나그네
샘터를 지나가다
샘물 같은 여인을 찾았더니
멀리멀리 시집을 갔다네

물동이는 안 채우고
먼 하늘만 바라보며
눈물을 흘렸다네
눈물을 흘렸다네

물맛이 시원해요
그대 눈빛 같아요
샘물 같은 여인이여
오는 길에 또 만나요

먼 훗날 그 나그네
샘터를 지나가다
샘물 같은 여인을 찾았더니
멀리멀리 시집을 갔다네
시집을 갔다네
시집을 갔다네

춘천에 살으리랏다

소양강이 멋있어요 강촌이 멋있어요
삼악산도 멋있어요 어디든 멋있어요
동서남북 다 좋아요
춘하추동 다 좋아요
좋아하는 사람과
춘천을 한 바퀴 돌기만 하면
느슨한 정도 팽팽해진답니다

아아 봄내 봄내 봄냄새 너무 좋아요
아아 춘천 춘천 춘천에 살으리랏다

막국수를 드릴까요 닭갈비를 드릴까요
감자전을 드릴까요 달란 대로 드릴게요
마음들이 다 달아요
손맛들이 다 달아요
사랑하는 사람과
춘천 맛을 한 번만 보면
두 사람 다 사탕물이 된답니다

아아 봄내 봄내 봄냄새 너무 좋아요
아아 춘천 춘천 춘천에 살으리랏다

사랑하는 사람과
춘천 맛을 한 번만 보면

두 사람 다 사탕물이 된답니다

아아 봄내 봄내 봄냄새 너무 좋아요
아아 춘천 춘천 춘천에 살으리랏다
춘천에 살으리랏다
춘천에 살으리랏다

떨어지는 거 싫어

아무것도 손에 잡히지 않았어
아무것도 하고 싶지 않았어
옆구리가 텅 빈 거 같았어
네가 며칠 없으니까

오래 떨어져 있는 게
아니라 다행이었어
이제 말하는데
오래 떨어지는 거 싫어

맘대로 안 되는 게 삶이지만
한시라도 못 보는 거 싫어
네가 있는 데 내가 있고
내가 가는 데 너도 가자
우리 매일매일 얼굴 보며 살자

말이 안 된다고 하겠지
어떻게 그러냐고 하겠지
하던 일 다 정리하고
구멍가게라도 하면서 살자

이제 말하는데
오래 떨어지는 거 싫어
맘대로 안 되는 게 삶이지만

한시라도 못 보는 거 싫어

네가 있는 데 내가 있고
내가 가는 데 너도 가자
우리 매일매일 얼굴 보며 살자
우리 매일매일 얼굴 보며 살자
얼굴 보며 살자

가을을 버리고 간 그대

가을을 버리고 간 그대
사랑을 울리고 가던 날
헤아릴 수도 없는 슬픔에
울다가 웃다가 웃다가 울다가

자다가 꿈결에 나타나면
더듬더듬 자꾸만 더듬더듬
사랑은 왜 슬퍼야만 하나
그대는 왜 떠나가야만 했나

해 뜨면 떠나는 이슬이지만
새벽이면 다시 돋아나는 것처럼
그대는 왜 돌아오면 안 되나
하루는 돌고 또 도는데

가을을 버리고 간 그대지만
도돌이표라면 좋겠네
사랑을 울리고 간 그대지만
도돌이표라면 좋겠네

그대는 왜 돌아오면 안 되나
하루는 돌고 또 도는데
가을을 버리고 간 그대지만
도돌이표라면 좋겠네
도돌이표라면 좋겠네

일등 애인

사랑은 행복해야 합니다
날마다 최고라고 추켜세우고
업어주고 어루만지고 할래요
사랑싸움도 하지 않고
일등 애인 될래요

지난 사랑은 싱거웠지만 다시
사랑이 오면 백 점 만점 받을래요

사랑은 달콤해야 합니다
만나면 미소를 먼저 보내고
같이 있고 놀아 주고 할래요
보는 이마다 부러워하는
일등 애인 될래요

지난 사랑은 싱거웠지만 다시
사랑이 오면 백 점 만점 받을래요

같이 있고 놀아 주고 할래요
보는 이마다 부러워하는
일등 애인 될래요

지난 사랑은 낙제였지만 다시
사랑이 오면 백점 만점 받을래요
백점 만점 받을래요

어떻게 된 거니

어떻게 된 거니 나보다 먼저
좋아해요 정말 정말 애교를 떨더니
만나자면 이 핑계 저 핑계니
시간이 있네 없네 속을 썩이니

마음이 변했니 그래도 되는 거니
어디 딴 사람 숨겨둔 거 아니니
너랑 같이 가고 싶은 곳도 많은데
너랑 둘이 보고 싶은 것도 많은데

어떻게 그러니 나보다 먼저
사랑해요 많이 많이 아양을 떨더니
만나자면 이러니 저러니
갈 데가 있네 없네 꽁무니를 빼니

마음이 변했니 그래도 되는 거니
어디 딴 사람 숨겨둔 거 아니니
너랑 같이 가고 싶은 곳도 많은데
너랑 둘이 보고 싶은 것도 많은데

여운

꽃 지고 나비 가면
미운 정도 따라갈 줄 알지만
그렇지 않아요
사랑이란 참말로 이상해요
끊어질 듯 끊어질 듯
끊어지지 않는
에밀레종 소리 같아요
사람은 가도 아주 가는 게
아니랍니다
사랑은 가도 아주 가는 게
아니랍니다

날이 가고 달이 가면
고운 정도 따라갈 줄 알지만
그렇지 않아요
사랑이란 참말로 얄미워요
사라질 듯 사라질 듯
사라지지 않는
아리랑고개 같아요
사람은 가도 아주 가는 게
아니랍니다
사랑은 가도 아주 가는 게
아니랍니다

찻잔을 만지면서

내 곁에 영원히 머물
사람인 줄 알았는데
그렇게 떠나간다니
그대 얼굴이 신기루 같았습니다

내가 부족한 게 많았나 봐요
내 사랑이 부족했나 봐요
그런 건가요
그런가요 미안해요

떠나가는 마당에
찻잔을 만지면서
한없이 한숨을 쉬다니
그대가 마치 딴사람 같았습니다

내가 부족한 게 많았을 거예요
내 사랑이 부족했을 거예요
그런 거지요
그렇지요 미안해요

떠나가는 마당에
찻잔을 만지면서
한없이 한숨을 쉬다니
그대가 마치 딴사람 같았습니다
딴사람 같았습니다

슬픈 계절은 싫어요

떠나가는 낙엽 때문에
내 마음이 쓸쓸해져요
시들어 가는 풀잎 때문에
내 마음이 더 쓸쓸해요

찬바람은 자꾸 부는데
기다리는 님은 보이지 않네
가을은 점점 달아나는데
내 님은 어디로 갔나

얼마나 우리 사랑했는데
낙엽 따라 가버렸나요
어디나 부는 찬바람 때문에
어디에 들어가 있나요

그래요 그렇게 있다가
따뜻할 때 돌아오세요
슬픈 계절은 정말 싫어요
꽃 필 때 다시 만나요

얼마나 우리 사랑했는데
낙엽 따라 가버렸나요
어디나 부는 찬바람 때문에
어디에 들어가 있나요

그래요 그렇게 있다가
따뜻할 때 돌아오세요
슬픈 계절은 정말 싫어요
꽃 필 때 다시 만나요
꽃 필 때 다시 만나요
꽃 필 때 다시 만나요

샘물 같은 여인

한여름날 길을 가던
목마른 나그네
샘물을 얻어 마시고
가던 길 서둘렀네

물맛이 시원해요
그대 눈빛 같아요
샘물 같은 여인이여
오는 길에 또 만나요

먼 훗날 그 나그네
샘터를 지나가다
샘물 같은 여인을 찾았더니
멀리멀리 시집을 갔다네

물동이는 안 채우고
먼 하늘만 바라보며
눈물을 흘렸다네
눈물을 흘렸다네

물맛이 시원해요
그대 눈빛 같아요
샘물 같은 여인이여
오는 길에 또 만나요

먼 훗날 그 나그네
샘터를 지나가다
샘물 같은 여인을 찾았더니
멀리멀리 시집을 갔다네
시집을 갔다네
시집을 갔다네
시집을 갔다네

말도 못 하게 좋아

아 예 저런 어머어머 재밌어요
맞장구치는 그대를 좋아해요

이미 군침이 도는데
참기름 한두 방울 떨어뜨린
고향 막국수 같은
감칠맛 나는 그대가
말도 못 하게 좋아요

아 예 저런 너무너무 웃겨요
맞장구치는 그대를 좋아해요

원래 사람이 구수한데
한 번 들으면 자꾸 듣고 싶은
동화 속 사람 같은
감칠맛 나는 그대가
말도 못 하게 좋아요

참기름 한두 방울 떨어뜨린
고향 막국수 같은
감칠맛 나는 그대가
말도 못 하게 좋아요
말도 못 하게 좋아요

사랑은 빨간색

사랑은 무슨 색일까
일곱 가지 무지개 색일까
열두 가지 크레파스 색일까
봄날의 전령 개나리꽃이거나
한겨울 면사포 눈꽃이면 좋겠는데
아니야 아니야

사랑은 모든 색깔의 왕 빨간색이야
사랑은 모든 마음의 왕 빨간색이야

사랑은 무슨 색일까
어디서나 보는 풀잎일까
산에 들에 피는 제비꽃일까
만인의 연서 은행잎이거나
새벽의 보석 이슬이면 좋겠는데
아니야 아니야

사랑은 모든 색깔의 왕 빨간색이야
사랑은 모든 마음의 왕 빨간색이야
빨간색이야 빨간색이야
빨간색이야 빨간색이야

단풍 사랑

단풍이 흔들린다 가을이 흘러간다
멀리도 걸어왔다 매일매일 하늘하늘
다 같이 어울려 바람과 만나면서
노을 속 저무는 길 불꽃으로 살리라

정거장도 없이 돌고 도는 춘하추동
계절의 갈피마다 눈물 어린 이야기들
붉은 단풍으로 흔들리는 까닭은
붉은 단풍으로 흔들리는 까닭은

아직도 못다 이룬 못다 한 사랑을
아직도 못다 채운 못다 쓴 사연을
파란 하늘 한가득 써놓고 싶어서
파란 하늘 한가득 써놓고 싶어서

Part 4
연애 시절

세상의 절반은 낮이고
절반은 밤이다

낮과 밤 사이에
해가 뜨고 눈비가 온다

세상의 절반은 남성이고
절반은 여성이다

사랑의 오솔길에
웃을 일이 생기고
울 일이 생긴다

눈물은 수증기처럼 날려 보내고
웃음은 풍선처럼
부풀게 하는 것이
노래다

-작사가의 생각에서

연애 시절

꿈만 같은 너와 나의 연애 시절
지나가는 바람도 부러워했는데
다시 돌아갈 수 없는 그 시절
아득한 신기루 같네

둘이 손잡고 다닐 때는
뭉게구름 같았는데
아 잊으려고 술을 마시면
도리어 그리워서 흐르는 눈물

돌아가고 싶은 연애 시절이여
불러도 대답이 없네
다시는 내게 돌아오지 않네
불러도 나타나지 않네
어디로 갔는지 안다면
바다 너머라도 찾아갈 텐데

꿈만 같은 너와 나의 연애 시절
그대는 어디에 내 사랑은 어디에

둘이 손잡고 다닐 때는
뭉게구름 같았는데
아 잊으려고 술을 마시면
도리어 그리워서 흐르는 눈물

돌아가고 싶은 연애 시절이여
불러도 대답이 없네
다시는 내게 돌아오지 않네
불러도 나타나지 않네
어디로 갔는지 안다면
바다 너머라도 찾아갈 텐데

꿈만 같은 너와 나의 연애 시절
그대는 어디에 내 사랑은 어디에
내 사랑은 어디에
내 사랑은 어디에

사랑하지 않는다면

가장 슬플 때 가장 많이 아파요
사실 무슨 일이든 다 그래요
슬플 일도 없어요
아플 일도 없어요
당신을 사랑하지 않는다면

그리고 아예 사랑하지
않는 것보다
사랑하고 아픈 것이 낫다구요

가장 슬플 때 가장 많이 울어요
사실 무슨 일이든 다 그래요
울 일도 없어요
슬플 일도 없어요
당신을 사랑하지 않는다면

그리고 아예 사랑하지
않는 것보다
사랑하고 우는 것이 낫다구요

가장 슬플 때 가장 많이 울어요
사실 무슨 일이든 다 그래요
울 일도 없어요
슬플 일도 없어요

당신을 사랑하지 않는다면
사랑하지 않는다면
사랑하지 않는다면

설탕 커피

커피 한잔이 우리 인생
여름 아니면 겨울이죠
뜨거운 커피처럼
차가운 냉커피처럼

커피 한잔이 우리 사랑
단맛 아니면 쓴맛이죠
설탕 커피처럼
블랙 커피처럼

아, 찬바람에 가슴이 시려요
뜨겁게 달래 주고 싶어요
아, 저기 찻집이 보이네요
따뜻한 커피가 그립네요

커피 한잔이 우리 사랑
단맛 아니면 쓴맛이죠
아, 저기 찻집이 보이네요
설탕 커피 어떠세요

가거라 눈물

보내는 마음 말로는 다 못 해요
멀리 가서 카톡을 열어 보세요
좋아하던 내 마음
두근대던 내 가슴
아, 낙엽 같은 사랑아 가거라 눈물아

헤어지는 마음 무슨 말로 다 해요
이제부터 추억은 없는 게 되나요
손을 잡던 그 들길
사랑하던 그 밤길
아, 낙엽 같은 사랑아 가거라 눈물아

보내는 마음 말로는 다 못 해요
멀리 가서 카톡을 열어 보세요
손을 잡던 그 들길
사랑하던 그 밤길
아, 낙엽 같은 사랑아 가거라 눈물아

손을 잡던 그 들길
사랑하던 그 밤길
아, 낙엽 같은 사랑아 가거라 눈물아
가거라 눈물아 가거라 눈물아
가거라 눈물아

사위 자랑

돈만 주면 살 수 있는 시계
돈 많아도 사지 못하는 시간
그런 생각은 하지 않고
밀어붙인 탱크 같은 당신
어물어물 시간을 까먹다가는
어떤 여우가 채갈지 몰라
못 이긴 척 마음을 주었어요

약한 아버지에 한평생 속 터졌다는
우리 엄마 사위 자랑이 늘어지네요

마트만 가면 살 수 있는 사탕
마트에 가도 사지 못하는 사랑
그런 생각은 하지 않고
밀어붙인 탱크 같은 당신
몰라 몰라 사랑을 애먹이다가는
어떤 여우가 홀릴지 몰라
못 이긴 척 마음을 주었는데요

약한 아버지에 한평생 속 터졌다는
우리 엄마 사위 자랑이 늘어지네요
사위 자랑이 늘어지네요
사위 자랑이 늘어지네요

돌아올 줄 모르네

먼 데로 떠났던 철새들은
다시금 날아오건만
가을바람 속으로 사라진 그대는
돌아올 줄 모르네

우리 서로 좋아할 때는
꽃과 나비 같았는데
우리 깊이 사랑할 때는
모닥불보다도 뜨거웠는데
가을바람 속으로 사라진 그대는
돌아올 줄 모르네

먼 데로 떠났던 철새들은
다시금 날아오건만
우리 깊이 사랑할 때는
모닥불보다도 뜨거웠는데
가을바람 속으로 사라진 그대는
돌아올 줄 모르네
돌아올 줄 모르네

꽃잎 풀잎

꽃잎 하나 피우려고
낮과 밤이 다 나선다
하루 종일 해가 어루만지고
밤마다 달과 별이 지켜본다
꽃잎 하나가 온 우주다

풀잎 하나 키우려고
사방에서 다 나선다
제때제때 단비가 몸을 적시고
신나게 풀벌레들 노래 부른다
풀잎 하나가 온 우주다

꽃잎 하나가 온 우주다
풀잎 하나가 온 우주다

꽃잎 같은 너를 좋아해
나는 네가 우주야 네가 하늘이야
풀잎 같은 너를 좋아해
나는 네가 우주야 네가 하늘이야

꽃잎 하나가 온 우주다
풀잎 하나가 온 우주다

꽃잎 같은 너를 좋아해

나는 네가 우주야 네가 하늘이야
풀잎 같은 너를 좋아해
나는 네가 우주야 네가 하늘이야
네가 하늘이야 네가 하늘이야
네가 하늘이야 네가 하늘이야

쓴맛 단맛

인생이나 사랑이나 둘 중 하나다
쓴맛 아니면 단맛이다
때로는 고들빼기 같아도
쓰린 곳 달래주면서 걸어가면
인생도 사랑도 달달해진다

굳세게 살아갈 거니까
빡세게 사랑할 거니까
걱정하지 말거라
내 인생아 내 사랑아

인생이나 사랑이나 둘 중 하나다
눈물 아니면 웃음이다
때로는 진눈깨비 같아도
시린 곳 만져주면서 살아가면
인생도 사랑도 뜨거워진다

쓴맛 아니면 단맛이다
눈물 아니면 웃음이다
걱정하지 말거라
내 인생아 내 사랑아

굳세게 살아갈 거니까
빡세게 사랑할 거니까

걱정하지 말거라
내 인생아 내 사랑아

걱정하지 말거라 걱정하지 말거라
내 인생아 내 사랑아
내 인생아 내 사랑아
내 인생아 내 사랑아

어머어머

떨어지던 꽃잎 하나가
어머 어머, 도로 올라가네요
떨어지는 게 꽃잎인 줄 알았는데
아니 아니, 나비였네요
나비가 도로 하늘로 올라가네요

해도 하나 달도 하나 사랑도 하나
해도 하나 달도 하나 당신도 하나

떠나가던 나비 하나가
어머 어머, 도로 돌아오네요
떠나가는 게 나빈 줄 알았는데
아니 아니, 그대였네요
그대가 도로 내게로 돌아오네요

해도 하나 달도 하나 사랑도 하나
해도 하나 달도 하나 사랑도 하나

떠나가던 나비 하나가
어머 어머, 도로 돌아오네요
떠나가는 게 나빈 줄 알았는데
아니 아니, 그대였네요
그대가 도로 내게로 돌아오네요
그대가 도로 내게로 돌아오네요
돌아오네요 돌아오네요

그대는 아름다운 사람

얼굴은 동그래 가슴은 봉긋해
미소는 예쁘고 마음은 더 예뻐
눈길은 다정해 손길은 따뜻해
그대는 아름다운 사람
그대와 팔짱을 끼고 걸어가네

사랑하는 사람과 걸어가면
아름다운 사람과 걸어가면
어디든 꽃이 피네 어디든 꽃밭이네
어제는 꽃바람 오늘은 산들바람
나눠 줄 수 없는 이 행복
어떻게 말로 다해요

생각하면 아찔해 우리 만나지 않았다면
하늘만 쳐다보겠지 섬처럼 심심하겠지

사랑하는 사람과 걸어가면
아름다운 사람과 걸어가면
어디든 별이 뜨네 어디든 별밭이네
어제는 별 아래 오늘은 달 아래
주체할 수 없는 이 행복
어떻게 말로 다해요

생각하면 아찔해 우리 만나지 않았다면

하늘만 쳐다보겠지 섬처럼 심심하겠지

얼굴은 동그래 가슴은 봉긋해
미소는 예쁘고 마음은 더 예뻐
어제는 별 아래 오늘은 달 아래
주체할 수 없는 이 행복
그대는 아름다운 사람
그대는 아름다운 사람
그대는 아름다운 사람

그래서 니가 좋아

나는 니가 좋아 니가 좋아
어깨 떡 벌어진 니가 좋아

너 없는 세상은
상상하기도 싫어
벌판 같은 너의 가슴
바다 같은 너의 마음
그래서 니가 좋아 니가 좋아

그런 너를 좋아 안 하면
누구를 좋아해
그런 너를 사랑 안 하면
누구를 사랑해
그런 너를 사랑 안 하면
사랑할 사람이 어디 있어

그 가슴에 한 아름 안기고 싶어
숨이 막혀도 좋아 하루 종일도 좋아

너 떠난 나는
생각하기도 싫어
벌판 같은 너의 가슴
바다 같은 너의 마음
그래서 니가 좋아 니가 좋아

그런 너를 사랑 안 하면
누구를 사랑해
그런 너를 사랑 안 하면
누구를 사랑해
그런 너를 사랑 안 하면
사랑할 사람이 어디 있어

그 가슴에 한 아름 안기고 싶어
숨이 막혀도 좋아 하루 종일도 좋아
하루 종일도 좋아
하루 종일도 좋아

잔소리

너무 듣기 싫었어 그 잔소리
담배 끊어라 술 좀 적게 마셔라
입이 심심해 하는 말 아닌 거 알아
수호신 같은 자기나 그러지
누가 날 그렇게 챙기겠어

언제 돌아와요 당신 여행 가니까
집 안 돌아가는 게 말이 아니야

정말이야 귀를 막고 싶었어
골고루 먹어라 일찍 좀 들어와라
일이 없어서 하는 말 아닌 거 알아
수호신 같은 자기나 그러지
누가 날 그렇게 챙기겠어

언제 돌아와요 당신 친정 가니까
집 안 돌아가는 게 순서가 없어

어서 돌아와요 당신 보고 싶어요
당신 잔소리가 듣고 싶어요
아니 참소리가 듣고 싶어요

Part 5
추억을 버릴래요

식구가 뭐여?
같이 밥 먹는 입구멍이여
(영화 비열한 거리에서)

사랑이 뭐여?
같이 물고 빠는 입구멍이여
(필자 모방)

그 입구멍을 위해
작사가는
오늘도 머리를 쥐어짜고

그 입구멍을 위해
작곡가는
떠도는 음표를 채집한다

－작사가의 생각에서

눈물

그대 마음속에 살고 싶어요
내 마음을 알아 주세요
그대 가슴속에 머물고 싶어요
사랑해요 그대만을 사랑해요
내 속을 꺼내서 보이라면
꼭 그렇게 하겠어요
방법을 찾아 보겠어요
어떻게 꺼내 보여줄 수 있는지

그대를 더듬더듬 알아가는 재미가
어쩌면 이렇게 좋은지 몰라요
들길에서 쳐다보는 들꽃처럼
언제나 아름다운 그대 얼굴에
파랗게 옷을 입은 풀잎처럼
언제나 싱그러운 그대 얼굴에
눈물이 흐르게 하는 건 바보짓이죠
우리 날마다 웃으면서 만나요
우리 언제나 웃으면서 살아요

그대를 더듬더듬 알아가는 재미가
어쩌면 이렇게 좋은지 몰라요
들길에서 쳐다보는 들꽃처럼
언제나 아름다운 그대 얼굴에
파랗게 옷을 입은 풀잎처럼

언제나 싱그러운 그대 얼굴에
눈물이 흐르게 하는 건 바보짓이죠
우리 날마다 웃으면서 만나요
우리 언제나 웃으면서 살아요

네가 없으면 목이 말라

노래 부르는 걸 좋아했는데
취미가 하나 더 생겼어
그날 만난 뒤부터
너를 한없이 바라보곤 해
바라보기만 해도 좋아
그저 생각만 해도 좋아

어슬렁대는 걸 좋아했는데
취미가 하나 더 생겼어
그날 만난 뒤부터
너를 못 보면 가슴 한쪽을
덜렁 들어낸 것 같아
그냥 자동으로 그래

너는 이제 내게 전부야
취미를 넘어섰어
너는 오아시스야
네가 없으면 목이 말라

어슬렁대는 걸 좋아했는데
취미가 하나 더 생겼어
그날 만난 뒤부터
너를 못 보면 가슴 한쪽을
덜렁 들어낸 것 같아

그냥 자동으로 그래

너는 이제 내게 전부야
취미를 넘어섰어
너는 오아시스야
네가 없으면 목이 말라
네가 없으면 목이 말라
네가 없으면 목이 말라

어쩌면 좋대요

남자가 뭐 그래 남자가 뭐 그래
좋아한다 사랑한다 말하면 될 것을

어쩔 줄 모르는 쑥맥 같은 그 남자
사랑해 화끈하게 말하면 될 것을
쑥맥 같은 남자를 어쩌면 좋대요

사랑한다 말해 주길 기다리는데
사랑해 한마디만 하면 되는데

남자가 뭐 그래 남자가 뭐 그래
좋아한다 사랑한다 말하면 될 것을
쑥맥 같은 남자를 어쩌면 좋대요

사랑한다 말해 주길 기다리는데
사랑해 한마디만 하면 되는데

남자가 뭐 그래 남자가 뭐 그래
좋아한다 사랑한다 말하면 될 것을
쑥맥 같은 남자를 어쩌면 좋대요
어쩌면 좋아요 어쩌면 좋대요

어떻게 헤어져

우리가 서로 쳐다본 세월이 얼만데
그동안 언제나 꽃길은 아니었지만

한 아름 채우며 살아가자던 입술에서
우리 그만 만나자는 말이 나오니

지나가는 바람처럼 널 보낼 수 없어
내가 방랑하는 바람이라면 모르지만

무겁지 않게 떠나는 사람들 더러 있어도
자다가도 깨어나면 너부터 생각 나는데
그렇게 너를 사랑하는데 어떻게 헤어져
니가 아프면 나도 똑같이 아파 그런데
너는 또 왜 우니

지나가는 구름처럼 날 잊을 수 있니
니가 정처 없는 구름이라면 모르지만

가볍게 떠나가는 사람들 더러 있어도
자다가도 깨어나면 너부터 생각나는데
그렇게 너를 사랑하는데 어떻게 헤어져
니가 아프면 나도 똑같이 아파 그런데
너는 왜 자꾸 우니 왜 자꾸 우니

추억을 버릴래요

가물 때 비가 내리면
세상이 살아나는데
우리 사랑을 살려줄
단비는 없나 봐요

이런 게 사랑인가요 이렇게 떠나는 게
세상에 있는 말 없는 말 다 가져와서
이리 달래고 저리 달래고 하더니
그 입으로 이별을 말하다니
진짜 날 사랑하는 줄 알았는데
그대가 정말 이럴 줄 몰랐어요

가물 때 비가 내리면
세상이 살아나는데
우리 사랑을 살려줄
단비는 없나 봐요

내 마음이 바닥일 때 만났나 봐요
외로울 때는 사랑하지 말랬는데
여기 가까이 좀 앉아 봐요
여기 풀밭이 부드러워요
나를 두고 떠나도 떠나가세요
한 번 안아 주고 떠나가세요

그동안 받았던 사랑에 만족할래요
이따금 추억을 꺼내 만져볼 건데요
내 가슴 만져줄 사람이 나타나면
당신을 잊을래요 추억을 버릴래요
추억을 버릴래요 추억을 버릴래요

다시 시작하고 싶어요

떠나겠다는 말을 하는데
왜 붙잡지 않았어요
너무 놀라서 그랬나요
왜 아무 말도 안 했어요

사랑이 식어 가는 것 같아
어쩌나 떠본 건데요
싫어져서 그러는 줄 알고
아무 말도 안 했나요

우리 다시 시작하고 싶어요
그리워서 엎드려 울었어요
다시 시작하고 싶어요

사랑이 식어 가는 것 같아
어쩌나 떠본 건데요
마음 변해 그러는 줄 알고
아무 말도 안 했나요

우리 다시 시작하고 싶어요
그리워서 흐느껴 울었어요
다시 시작하고 싶어요
다시 시작하고 싶어요

사랑은 낙엽으로

하늘보다 바다보다 사랑한다더니
기억에 없는 사람처럼 떠나가다니
입속 사탕도 꺼내 주려고 하더니
날 두고 철새 따라 떠나가다니

바람 불면 떨어지는 낙엽이었나
얼마 안 가 떠나갈 운명이었나
사랑은 낙엽으로 우수수 날아가네
추억도 주섬주섬 데리고 날아가네

입속 사탕도 꺼내 주려고 하더니
날 두고 철새처럼 떠나가다니
사랑은 낙엽으로 우수수 날아가네
추억도 주섬주섬 데리고 날아가네
추억도 주섬주섬 데리고 날아가네
날아가네 날아가네

콧노래가 나오는 건

봄바람 불어 너를 사랑하다가
네가 여행을 떠나가니 알겠어
네가 있으면 낮이고
네가 없으면 밤이야

휘파람이 나오는 건
널 만나는 날이니까 그래
콧노래가 나오는 건
널 만나고 온 날이라서 그래

이제 알겠어 너를 알겠어
네가 며칠 떠나니까
네가 내게 무언지
내가 있잖아 너를 꽃보다 더 좋아해
네가 없으면 어떤 꽃도 보이지 않아

하염없이 하늘을 바라보면서
네가 어서 돌아왔으면 생각해
네가 있으면 낮이고
네가 없으면 밤이야

휘파람이 나오는 건
널 만나는 날이니까 그래
콧노래가 나오는 건

널 만나고 온 날이라서 그래

이제 알겠어 나를 알겠어
혼자 며칠 있어 보니
네가 내게 무언지
내가 있잖아 너를 별보다 더 쳐다봐
네가 없으면 어떤 별도 보이지 않아

그대는 어디 있나요

인생은 머나먼 길
지평선 너머 아득한 길
나랑 같이
나란히 걸어갈
그대는 어디 있나요
그늘이 좀 있어도
괜찮아요
눈물을 아는 사람이
단단해요

그대 얼룩은 내가 지워 주고
나의 등은 그대가 긁어 주고
빗물처럼 울기도 하면서
강물처럼 노래도 부르면서
나랑 같이 하염없이 걸어갈
그대는 어디 있나요

세상은 끝없는 바다
수평선 너머 아득한 길
나랑 같이
손잡고 살아갈
그대는 어디 있나요
안개가 좀 있어도
괜찮아요

슬픔을 아는 사람이
따뜻해요

그대 얼룩은 내가 지워 주고
나의 등은 그대가 닦어 주고
빗물처럼 울기도 하면서
강물처럼 노래도 부르면서
나랑 같이 하염없이 걸어갈
그대는 어디 있나요

사랑하는 이유

사람들은
사랑을 해도
외롭다고 했어요
사랑을 하지 않아도
외롭다고 했어요

이래도 외롭고
저래도 외롭다면
차라리 나는 사랑을
해보고 외롭겠어요

어느 날 나를 향해
나비처럼 날아온
그 사람하고
사랑을 시작했어요
사랑은 박하사탕 같았어요

사람들은
사랑을 받아도
외롭다고 했어요
사랑을 받지 않아도
외롭다고 했어요

이래도 외롭고

저래도 외롭다면
차라리 나는 사랑을
해보고 외롭겠어요

어느 날 나를 향해
나비처럼 날아온
그 사람하고
사랑을 하고 있어요
사랑은 박하사탕 같았어요
사랑은 박하사탕 같았어요

사랑이 눈물이라면

사랑이 눈물이라면
그런 사랑 뭐 하러 해요
사랑은 그런 건가요
슬픈 노래가 너무 많아요

사랑이 눈물이라면
그런 사랑 뭐 하게 해요
사랑은 그런 건가요
떠나는 노래가 너무 많아요

우리는 날마다 봄날인데
우리는 만나면 웃음인데
이렇게 사랑을 해도
가는 세월이 아깝고 미운데

사랑이 눈물이라면
그런 사랑 뭐 하러 해요
사랑은 그런 건가요
슬픈 노래가 너무 많아요

사랑이 아픈 거라면
그런 사랑 뭐 하게 해요
사랑은 그런 건가요
떠나는 노래가 너무 많아요

우리는 날마다 봄날인데
우리는 만나면 웃음인데
이렇게 사랑을 해도
가는 세월이 아깝고 미운데
이렇게 사랑을 해도
가는 세월이 아깝고 미운데

당신이 오려나 봐요

이제 당신 내가 보고 싶어 오려나 봐요
너무 보고 싶어 보고 싶어 오려나 봐요
잠깐 선잠이 들었는데 나타났어요
당신이 웃으면서 웃으면서 나타났어요

멍하게 있는데 불쑥 나타나면
내 심장 멎을까 봐 보낸 신호였나요
아~ 보고 싶어 눈물이 나요
아무래도 당신이 오려나 봐요
잠깐 선잠이 들었을 때 신호가 왔어요

이제 당신 내가 보고 싶어 오려나 봐요
너무 보고 싶어 보고 싶어 오려나 봐요
잠깐 선잠이 들었는데 나타났어요
당신이 웃으면서 웃으면서 나타났어요

멍하게 있는데 불쑥 나타나면
내 심장 멎을까 봐 보낸 신호였나요
아~ 보고 싶어 눈물이 나요
아무래도 당신이 오려나 봐요
잠깐 선잠이 들었을 때 신호가 왔어요
신호가 왔어요

Part 6
슬퍼요

사랑은 무슨 색일까
어디서나 보는
풀잎일까
산에 들에 피는
제비꽃일까

만인의 연서 은행잎이거나
새벽의 보석 이슬이면 좋겠는데

아니야 아니야

사랑은
모든 색깔의 왕
빨간색이야

사랑은
모든 마음의 왕
빨간색이야

-작사가의 생각에서

네가 나를 사랑하는 걸까

좋아한다는 말을
네 마음을 믿었던 거야
이상한 생각이 고개를 들더라
네가 나를 좋아하는 걸까

들길을 걷자고 하면 바쁘다고 해
놀러 가자면 엄마가 아프다고 해
더 어쩔 수 없는
말로 나를 우울하게 만들어

우리 얼굴 본 게 얼만지 알고 있니
둘이 밥 먹은 게 언젠지 알고 있니
이제 떠나려는 걸까
자꾸 불길한 느낌이 가슴을 누르더라

그동안 네가 꾸며 대던 말들이
정말이라면 좋겠어
그동안 내가 가졌던 생각들이
엉뚱했으면 좋겠어

사랑한다는 말을
네 마음을 믿었던 거야
이상한 생각이 고개를 들더라
네가 나를 사랑하는 걸까

영화를 보자고 하면 안 된다고 해
어디 놀러 가자면 멀리 있다고 해
더 어쩔 수 없는
말로 나를 우울하게 만들어

우리 얼굴 본 게 얼만지 알고 있니
둘이 밥 먹은 게 언젠지 알고 있니
이제 떠나려는 걸까
자꾸 불길한 느낌이 가슴을 누르더라

그동안 네가 꾸며 대던 말들이
정말이라면 좋겠어
그동안 내가 가졌던 생각들이
엉뚱했으면 좋겠어

추억

이별이 그때 그 이별이
우리를 싹둑싹둑 자른 바람에
나는 아직 너를 그리워하고
너는 어디서 어떻게 사는지
남은 건 가득한 추억뿐

만남과 이별이 흔한 세상이지만
남들과 다를 줄 알았어
햇빛 아래 별빛 아래
뜨거웠던 시간들 지워지지 않아

내 몸보다 널 더 아꼈는데
네 몸보다 날 더 아꼈는데
마음대로 안 되는 인생살이
바보 같았던 나를 미워하며 살아

이별이 그때 그 이별이
우리를 싹둑싹둑 자른 바람에
나는 아직 너를 그리워하고
너는 어디서 어떻게 사는지
남은 건 가득한 추억뿐

내 몸보다 널 더 아꼈는데
네 몸보다 날 더 아꼈는데

마음대로 안 되는 인생살이
바보 같았던 나를 미워하며 살아

이별이 그때 그 이별이
우리를 싹둑싹둑 자른 바람에
나는 아직 너를 그리워하고
너는 어디서 어떻게 사는지
남은 건 가득한 추억뿐인데

나는 아직 외톨이로 여기 있어
너는 어디서 어떻게 살아가니
그때 널 꼭 잡을걸
이것만은 자신 있게 말할 수 있어
아직도 내 가슴속 저 깊은 곳에
너를 품고 산다는 이 사실을
추억을 품고 산다는 이 가슴을

나를 사랑한대서

사랑한대서 날마다 만났네
나도 그 사람이 마음에 들어서
사랑한대서 밤에도 만났네
나도 그 사람을 사랑해서

있는 말 없는 말 다 하더니
떠나 버렸네
거짓말 같은 한숨을
내쉬며 잊으라면서
울음도 나오지 않았네
낮에도 밤에도 만났는데
나를 사랑한대서

사랑한대서 날마다 만났네
나도 그 사람이 마음에 들어서
하늘의 별을 따다 주었네
나도 그 사람을 사랑했네

있는 말 없는 말 다 하더니
떠나 버렸네
거짓말 같은 한숨을
내쉬며 잊으라면서
울음도 나오지 않았네
낮에도 밤에도 만났는데
나를 사랑한대서

달빛

열흘 가고 석 달 가도 안 오시는 님
보고 싶어 못 살겠다 투정하던 님
이제는 떠나가서 오시지 않네
기다리다 가슴이 주저앉아도
님은 돌아오지 않는데
달빛은 그대가 오시는 줄 아나 봐
딴 길로 빠질까 봐 잠도 안 자네

꽃이 펴도 꽃이 져도 안 오시는 님
그립다면 말 끝나게 달려오던 님
이제는 그리워도 만날 수 없네
기다리다 눈물을 글썽거려도
님은 그림자도 없는데
달빛은 그대가 오시는 줄 아나 봐
달려가 맞으라고 잠도 안 자네

외로운 사람은

우수수 낙엽이 떨어지던 날
바람에 낙엽이 굴러가던 날
혼자 걸어가는 나에게
그대가 다가왔어요

외로운 사람은
표시가 나서
한 번 보기만 해도
알 수 있어요

저 멀리 철새가 날아가던 날
하늘에 철새가 사라지던 날
흠뻑 젖어 있는 나에게
그대가 다가왔어요

외로운 사람은
빗물 같아서
비가 오지 않아도
젖어 있어요

우수수 낙엽이 떨어지던 날
바람에 낙엽이 굴러가던 날
혼자 걸어가는 나에게
그대가 다가왔어요

외로운 사람은
표시가 나서
한 번 보기만 해도
알 수 있어요

저 멀리 철새가 날아가던 날
하늘에 철새가 사라지던 날
흠뻑 젖어 있는 나에게
그대가 다가왔어요

외로운 사람은
빗물 같아서
비가 오지 않아도
젖어 있어요

행복이 넘치는 세상

들길을 따라서 가는 길은
비가 오면 갈 수 없지만
마음이 맞아
서로 기대 걸어가는 길은
행복이 넘치는 세상

그대여 우리 노래를 부르며 걸어가요
그대여 우리 미소를 나누며 걸어가요
흘러가는 저 강물처럼 어깨춤을 추면서
잡은 손을 꼭 잡고 저 멀리 더 멀리

들길을 따라서 가는 길은
비가 오면 갈 수 없지만
마음이 맞아
서로 기대 걸어가는 길은
행복이 넘치는 세상

우리 노래를 부르며 걸어가요
우리 미소를 나누며 걸어가요
저 강물처럼 어깨춤을 추면서
저 멀리 저 멀리

들길을 따라서 가는 길은
비가 오면 갈 수 없지만

마음이 맞아
서로 기대 걸어가는 길은
행복이 넘치는 세상

서로 기대 걸어가는 길은
행복이 넘치는 세상
서로 기대 걸어가는 길은
행복이 넘치는 세상
행복이 넘치는 세상

슬퍼요

세상에 꽃들은
피면 지고 가면 오지만
한 번 떠난 사람 다시는
나타나지 않는데

세월이란 굴레는
멈추지 않고 빙글빙글 돌지만
보고 싶은 그대는
돌아오지 않는데

사랑한다는 말에
너밖에 모른다는 말에
웃었던 내가 바보 같아 슬퍼요

따라간다고 했더니
기다리랬어요
언제 오냐고 했더니
금방이랬어요

보고 싶으면
강가에 나가요
대낮 같은 달밤을
꼬박 새우며

밤이슬에 젖고
사랑에 젖던 그 밤을
못 잊는 내가 슬퍼요

나 같은 여자
어디 또 있을까요
기다리란 말을
아직도 버리지 않는

밤마다 꿈속에서
나사 빠진 여자처럼
단꿈을 꾸는
나란 여자가 슬퍼요
슬퍼요 슬퍼요

너를 만나던 날

기차에서 내려 한참 걸어
네가 말을 잃어버려서 들어간
요양원에 면회 신청을 하고
두근거리며 기다렸지

바퀴가 달린 하얀 침대를
간호사가 가만히 밀고 오고
그 위에 네가 반듯이 누워
허공을 쳐다보고 있었지

살이라곤 하나 없는 하얀 손을
살며시 잡고 눈을 맞추고
네 귀에 대고 내 이름을 말하자
네 손이 움찔움찔 움직였지

한참 걸어 다시 기차를 타고
네 눈에서 스며 나오던 눈물에
내 눈에서 나오는 눈물을 휘저어
최루탄처럼 삼키며 왔지

살이라곤 하나 없는 하얀 손을
살며시 잡고 눈을 맞추고
네 귀에 대고 내 이름을 말하자
네 손이 움찔움찔 움직였지

기차에서 내려 한참 걸어
네가 말을 잃어버려서 들어간
요양원에 면회 신청을 하고
두근거리며 기다렸지
두근거리며 기다렸지

늦었어 너무 늦었어

사랑도 미움도
다 사라졌는데
이제 미안하다고 하니

웃음도 눈물도
다 말랐는데
다시 시작하자고 하니

늦었어 늦었어 너무 늦었어
늦었어 늦었어 너무 늦었어

혼자 많이 울었어
그런 말 다신 하지 마
혼자 살면 살았지
그런 사랑 하지 않아

너만 보면
행복하던 나를
먼지처럼 털고 가더니

가을 나무처럼
다 비웠는데
다시 시작하자고 하니

늦었어 늦었어 너무 늦었어
늦었어 늦었어 너무 늦었어

혼자 오래 울었어
그런 말 들리지 않아
혼자 놀면 놀았지
그런 사랑 하지 않아
그런 사랑 하지 않아

꽃처럼 나비처럼

나는 네가 좋아 꽃처럼 꽃처럼
그렇게 웃어 줘 언제나 언제나

네가 맨날 보고 싶어 이렇게 이렇게
네가 맨날 그리워 눈을 뜨나 감으나

너를 바라보고 싶어 날마다 날마다
너랑 같이 있고 싶어 영원히 영원히

우리 둘이 걸어가면 다 쳐다보잖아
이제 우리 어울릴까 꽃처럼 나비처럼

맨날 같이 있고 싶어 사랑해 사랑해
나를 사랑해 줘 더 많이 더 많이

너를 바라보고 싶어 날마다 날마다
너랑 같이 있고 싶어 영원히 영원히

우리 둘이 걸어가면 다 돌아보잖아
이제 우리 사랑할까 꽃처럼 나비처럼

나는 네가 너무 좋아 꽃처럼 꽃처럼
이제 우리 하나 될까 꽃처럼 나비처럼
이제 우리 하나 될까 꽃처럼 나비처럼

동서남북

동쪽으로 가면 널 만날까
서쪽으로 가면 널 만날까
남쪽에도 북쪽에도 네가 없어
어디로 꼭꼭 숨은 거니

널 어디로 가면 찾는다니
동서남북 다 돌았는데
망원경 등에 메고
현미경 앞에 들고
산을 넘고 강을 건넜는데

발자국이 없어 그림자도 없어
아~ 세상은 생각보다 넓어
어떻게 널 찾는다니

널 어디로 가면 찾는다니
동서남북 다 돌았는데
망원경 등에 메고
현미경 앞에 들고
산을 넘고 강을 건넜는데

발자국이 없어 그림자도 없어
아~ 세상은 생각보다 넓어
어떻게 널 찾는다니
어떻게 널 찾는다니

구절초 사랑

단내 나는 여름이 가고
산들바람 부는데
어디나 다 단물이 드는데
내 가슴만 야위었어요

저 멀리 가물가물 그대가
보이나 바라보지만
별이 떠도 안 오는 그대
어제보다 밤바람이 시려요

나 하나만 쳐다본대서
내 사랑을 주었는데
이제 무서리가 덤벼들 텐데
어디 숨을 가슴도 없는데

아직도 늦지 않았어요
더 늦으면 나는 없어요
후회한들 소용없어요
그만 툭툭 털고 돌아오세요

나 하나만 쳐다본대서
내 사랑을 주었는데
이제 무서리가 덤벼들 텐데
어디 숨을 가슴도 없는데

아직도 늦지 않았어요
더 늦으면 나는 없어요
후회한들 소용없어요
그만 툭툭 털고 돌아오세요
그만 툭툭 털고 돌아오세요
그만 툭툭 털고 돌아오세요

차마 잊을 수 없겠지만

물새들도 따라서 울고
시냇물도 서러워서
주춤거리던 그날 밤
마지막으로 부둥켜안고
돌아서던 내 사랑이여

모두 다 잊을래요
모두 다 잊을래요
내 가슴을 적신 눈물만 남기고
다 잊을래요 모두 다 잊을래요
차마 잊을 수 없겠지만

풀벌레도 따라서 울고
밤바람도 서러워서
머뭇거리던 그날 밤
떠나가면서 손을 흔들고
사라지던 내 사랑이여

모두 다 잊을래요
모두 다 잊을래요
내 가슴을 적신 눈물만 남기고
다 잊을래요 모두 다 잊을래요
차마 잊을 수 없겠지만
차마 잊을 수 없겠지만

사랑을 하면

가을도 봄날이랍니다 사랑을 하면
사막도 꽃밭이랍니다 사랑을 하면

낙엽이 떨어져도 쓸쓸하지 않아요
사랑하는 사람이 있으면
찬바람이 불어도 춥지 않아요
그대가 안아줄 거니까
한숨을 짓지 않아요
그대가 있잖아요
쓸쓸한 게 무언지 몰라요 나는
그대가 그대가 있잖아요

가을도 봄날이랍니다 사랑을 하면
사막도 꽃밭이랍니다 사랑을 하면

달밤에 혼자라도 외롭지 않아요
사랑하는 사람이 있으면
천둥이 요란해도 무섭지 않아요
그대가 막아줄 거니까
눈물을 흘리지 않아요
그대가 있잖아요
외로운 게 어떤지 몰라요 나는
그대가 그대가 있잖아요
그대가 그대가 있잖아요

전 산 우　대중가요 제2작사집
공지천에서

초 판 발 행　2024년 11월 1일

지 은 이　전산우
펴 낸 곳　**시지시**

등　　록　제2002-8호(2002.2.22)
주　　소　㉾10364
　　　　　고양시 일산동구 호수로 688. A동 419호
전　　화　050-5552-2222
팩　　스　(031)812-5121
이 메 일　sijis@naver.com

값 15,000원

ⓒ 전산우, 2024

ISBN　978-89-91029-82-8　03810